Санкт-Петербург
ДЕТГИЗ

ОЛЕГ ТАРУТИН

ЧТО Я ВИДЕЛ В ЭРМИТАЖЕ

прогулка по музею
в стихах

Художник Александр Аземша

САНКТ-ПЕТЕРБУРГ
ДЕТГИЗ
2011

* * *

Воскресное утро. Осенний пейзаж.
А небо – прозрачно и чисто.
Сегодня мы с другом идём в Эрмитаж!
Ложатся нам по́д ноги листья.
Мы слышали столько про этот музей
от наших знакомых, родных и друзей,
что стало неловко нам даже,
что не были мы в Эрмитаже.
Вот перед нами Зимний дворец –
огромный зелёный фигурный ларец!
Ещё он красивее там, где Нева
его отражает, качая едва…
Если такой он снаружи,
то что мы внутри обнаружим?
Суём мы в окошко монеты
и просим:
– Два школьных билета!

ГЛАВНАЯ ПАРАДНАЯ
ИЛИ
ПОСОЛЬСКАЯ ЛЕСТНИЦА

Пока поднимались,
узнать мы успели,
что лестницу эту придумал Растрелли
(который построил и Зимний дворец,
поскольку он был гениальный творец).
Чудесная лестница нас поразила.
Какие ступени!
Какие перила!
Вот так бы по ней и шагать без конца
куда-то к сияющим сводам дворца!
Пока поднимались,
ещё мы узнали,
что лестницу эту Посольскою звали.
Когда-то послы поднимались по ней,
стараясь держаться на ней поважней.

Когда-то по ней поднимались вельможи,
спесивые очень и важные тоже.
И шли царедворцы на царский приём,
бренча орденами, сверкая шитьём.
Кругом – эполеты, атласные ленты…
Про всё это нам рассказали студенты.
Спросили:
– Какого вы класса послы?
И долго нам с важностью руки трясли.

ПАВИЛЬОННЫЙ ЗАЛ

Если кто-то, даже сонный,
в зал забрёл бы Павильонный,
вмиг бы тут проснулся он,
восхищён и поражён!
Всё тут арочно-сквозное,
невесомое,
резное,
и сверкания полна
кружевная белизна!
А ещё – журчат фонтаны,
неумолчно, неустанно!
А ещё тут есть один
замечательный павлин!

Он не только для красы,
он ещё павлин-часы!
Поясняет нам табличка,
что заводят эту птичку.
Заведут её,
и вот –
время, тикая, идёт.
А павлин тот ежечасно
распускает хвост прекрасный,
и кричит он столько раз,
сколько времени сейчас.

Вот сейчас бы хвост павлиний
распустился бы в витрине!
Только хвост опущен вниз:
отдыхает механизм.

РИМ
ROMA
ГРЕЦИЯ

ЗАЛЫ АНТИЧНОГО ИСКУССТВА

* * *

Налево, направо и прямо потом…
В античные залы мы с другом идём.
Идём,
и античностью веет
на нас всё сильней и сильнее.

Не зря мы таким нетерпеньем горим:
прочли мы немало про Грецию, Рим,
и то, про что в книжках читали,
желаем увидеть в деталях.

ДРЕВНИЕ
ГРЕКИ МОРЯ
БОРОЗДИЛИ

ДРЕВНИЕ ГРЕКИ

Древние греки, античные греки,
многим прославились греки навеки.
Даже порой удивленье берёт:
ну до чего знаменитый народ!
Храбро с врагами они воевали,
мудрые мифы они создавали
(с детства знакомы любому из нас
и Прометей, и Геракл, и Атлас).
Древние греки моря бороздили,
время для спорта они находили,
и Олимпийские игры они
тоже придумали в давние дни!
Строили греки театры и храмы,
ставили греки комедии, драмы.
А посмотрите теперь, каково
было скульптурное их мастерство!

Ну, а всего поразительней, братцы,
то,
что мы с ними могли б изъясняться:
«физика», «космос», «медуза», «стратег» –
понял бы мигом слова эти грек!
Скажешь:
«асфальт», «стадион» и «динамо» –
скажешь ты это по-гречески прямо!
«Библиотека», «театр», «берилл» –
так, между прочим, и грек говорил!

МЕДУЗА

БОГИНЯ АФРОДИТА

Лишь только глянуть сто́ит,
и моментально ты
поймёшь,
что пред тобою –
богиня красоты.
Пускай она разбита,
но даже и без рук
богиня Афродита
прекрасней всех вокруг!

БЮСТ ПАРИСА

А вот полюбуйтесь:
стоит у стены
виновник кошмарной Троянской войны.
Вот этот красавчик-мужчина –
троянских несчастий причина.
С беспечным нахальством
и наглым коварством
жену он похитил в чужом государстве,
вернувшись с Прекрасной Еленой
в родные троянские стены.

Поскольку у греков украл он жену,
то греки ему объявили войну,
и сотнями гибли герои,
сражаясь под стенами Трои.
Париса в сраженье убила стрела.
Славная Троя сгорела дотла!

Каким же он был дурачиной,
вот этот красавчик-мужчина!

ТРОЯ
СГОРЕЛА
ДОТЛА

ПРАВИТЕЛЬ?
ХУДОЖНИК-СТРОИТЕЛЬ?
СОКРАТ?

БЕЗГОЛОВЫЙ ФИЛОСОФ

Сдержать мы не можем невольных вопросов:
откуда известно, что это философ?
А может быть, это один из богов?
Узнай, кто таков, если он безголов...
А может быть, это – какой-то правитель?
Художник-строитель? Купец-накопитель?
– Да нет, – отвечают, –
какой там купец!
Поверьте, что это философ-мудрец.
Сидит он и мыслит о тайнах природы,
его не сломили года и невзгоды.
Вы видите:
свиток он держит рукой,
и в позе его – философский покой.
Тогда мы сказали:
– Какая утрата!
А может быть, это – фигура Сократа? –
А нам отвечают:
– Не знаем, увы!
Философ-то всё-таки без головы.

* * *

Вот мы приблизились к Древнему Риму.
Границы Эллады и Рима – незримы.
Поскольку искусство античное
не знало границ.
Безграничное...

ЗЕВС – ЮПИТЕР

По-гречески – Зевс,
а по-римски – Юпитер,
его голова наравне с потолком!
И лучше вы сразу назад отступите,
а то не увидеть его целиком.
В плаще золотом восседая на троне,
разящую молнию держит, как пику,
и держит он в мраморной правой ладони
богиню Победы – крылатую Нику.
Он – тучегонитель,
богов повелитель,
он брови нахмурит – и горы дрожат!
А если бы он распрямился, простите,
достал до второго бы он этажа?

ИМПЕРАТОРСКИЙ
РИМ

РИМСКИЕ ИМПЕРАТОРЫ

Мы решили, что очень уж много
этих римских властителей в тогах.
С четырёх обступили сторон:
Август,
Клавдий,
Вителий,
Нерон…
Знаем мы о капризном Нероне,
что свирепствовал, сидя на троне.
А этот вот мраморный Тит –
чем хорошим он был знаменит?
Марк Аврелий,
Германик,
Тиберий…
Мы тихонько направились к двери.
В головах у нас лёгкий туман:
Август,
Клавдий,
Траян,
Адриан…

БРУТ

РИМЛЯНИН БРУТ

У Брута был характер крут
и для тиранов – страшен.
Геройски пал суровый Брут
в сраженье рукопашном.
И хоть погиб в сраженье Брут,
но всякую минуту
тиранов,
словно грозный суд,
страшило имя Брута.
Но помнил Брута римский люд
и поручил кому-то
почётный труд
и славный труд –
из камня высечь Брута.

РИМ

НАШ СПАРТАК

Мы в залах нигде не нашли Спартака!
Мы знаем:
владыкам в угоду,
боялись оставить нам эти века
скульптуру борца за свободу.

Стал он бессмертным во веки веков,
великий и доблестный воин,
за то, что он поднял рабов из оков
и в битву повёл за собою.

Нам его статуя видится так:
расправив могучие плечи,
разящим мечом вдохновляет Спартак
рабов на последнюю сечу.

Он ранен уже,
и враги впереди,
грозящие смертью и пленом…
Нам кажется всё же,
что он – победит,
что он победит непременно!

АНТИЧНЫЕ ВАЗЫ

Прекрасные эти античные вазы
понравились нам почему-то не сразу.
«Подумаешь, вазы!» – подумали мы,
другим были заняты наши умы.

Сначала на них мы взглянули, скучая,
потом мы к одной пригляделись случайно,
потом загляделись…
И может быть, час
никак не могли оторваться от ваз.

То вазы-гиганты,
то карлики-вазы,
и каждая ваза – с рисунком-рассказом!

...Герой в колеснице летит на войну.
Плывут аргонавты в чужую страну.
Персей убивает Медузу Горгону.
Афина Паллада диктует законы.
А вот Артемида, богиня охоты,
из меткого лука стреляет в кого-то.
А это на лире играет Орфей.
А это вручают спортивный трофей.
А вот – Одиссей, подающий советы.
А это – кентавры…
А это…
А это…

Мы описать и не пробуем враз
крупнейшую в мире коллекцию ваз.

Колыванъ-городок

КОЛЫВАНСКАЯ ЧАША

А эта огромная чаша –
не римская вовсе, а наша.
Пошла на огромную чашу
гигантская глыбина яшмы!
Её отыскали вблизи Колывани,
втащили её на могучие сани,
и двести коней еле-еле
свезти эти сани сумели.

А после народ заводской, колыванский,
лет десять трудился над глыбой гигантской.
И вот родилась эта чаша,
и нет её больше и краше!
С огромным трудом я поверить готов,
что в этой красавице столько пудов:
пудов этих – тысяча двести!
А если не верите –
взвесьте!

1200 ПУДОВ

ЗАЛ ДРЕВНЕГО ЕГИПТА

* * *

Одним коридором,
другим коридором
мы шли,
развлекаясь смешным разговором.
Когда же мы в третий вошли коридор,
затих почему-то смешной разговор…

Как будто бы стал коридор этот у́же
и стал потолок этот ниже к тому же,
как будто таинственным древним путём
внутри пирамиды мы с другом идём.

А тут ещё встречная тётя сказала:
– Я в жизни мрачнее не видела зала! –
А встречный мужчина ответил ей:
– Да-с…
И оба они посмотрели на нас.

Но мы – обладатели нервов железных! –
смутить нас нельзя,
а пугать бесполезно.
Как раз указатель нам путь указал,
и смело вошли мы в Египетский зал.

В Египетском зале весёлого мало.
Но веет зато стариной небывалой:
какой бы тебе ни попался предмет,
любому предмету – три тысячи лет!

ПОЛКОВОДЕЦ
ЯМХЕС

САРКОФАГ ПОЛКОВОДЦА ЯМХЕСА

Саркофаг –
этот мрачный гранитный сундук –
обошли мы три раза вокруг.
Постояли вблизи,
постояли вдали
и опять саркофаг обошли.

Этот ящик имеет чудовищный вес.
Этот ящик слегка приоткрыт,
в нём когда-то лежал полководец Ямхес,
как табличка о том говорит.

Полководец Ямхес,
обожая войну,
саркофаг заказал себе впрок…
Я дружку своему говорю:
– Ну и ну!
– Ну и ну… –
отвечает дружок.
Говорю:
– Я б туда ни за что не полез!
Говорит:
– Ну и я б ни за что!

А потом нас такой разобрал интерес:
двести тонн в сундуке или сто?
Как бы всё-таки выяснить истинный вес?
Нет в табличке количества тонн!
Ну, а с кем воевал полководец Ямхес,
мы о том разузнаем потом.

МУМИЯ ЖРЕЦА

На эту мумию жреца
все смотрят с бледностью лица.
И о жреце ужасном том
все долго думают потом.
И мы отходим,
думая:
«Вот мумия так мумия!»

СТАТУИ ЕГИПЕТСКИХ БОГОВ

Стоим перед богом по имени Гор.
С большим удивлением смотрим в упор:
при всём человечьем обличье
имеет он голову птичью!

Он рядом с богиней стоит львинолицей.
А рядом богиня-корова теснится.
И только богиня Исида
похожа на женщину видом.

...Мы видели бога по имени Тот,
а также богиню по имени Нут...
Мы помнили точно,
кто – этот,
кто – тот,
наверное, целых пятнадцать минут.

ИЕРОГЛИФЫ

На плите,
на саркофаге,
на папирусной бумаге
и на всём, что видит взгляд,
иероглифы пестрят.
Рыбы,
звери,
птицы,
точки,
загогулины,
кружочки…
Всё знакомое почти,
а попробуй-ка, прочти!

Вот в квадрате лев скучает –
что же это означает?
Цапля гордая стоит –
что она в себе таит?
Буква это или сразу
вся египетская фраза?
Может, кончилась строка
возле рыбы и цветка?
Овладеть бы вдруг случайно
нам египетскою тайной!
Чтоб никто другой не мог
разгадать секретных строк.
В иероглифах
без риска
я б писал тебе записку:
рыба, взятая в кружок,
цапля с клюшкой
и конёк.
Ну а ты бы понял сразу
зашифрованную фразу:
пообедал бы скорей
и пошёл играть в хоккей!

ВЫСТАВКА ШПАЛЕР

В начале осмотра ни я, ни Валера
не знали, что мы созерцаем шпалеры.
Мы думали просто:
«Вот это ковры!
Ну прямо картины старинной поры!»
Но вот поравнялась экскурсия с нами,
и сразу у нас поприбавилось знаний,
и мы по-другому взглянули тогда
на эти «шедевры ручного труда».
Шпалеры,
что нас поражают размером,
за ниткою нитку,
с терпеньем безмерным,
годами печальные ткали ткачи,
и днём, и ночами при свете свечи.
Ну, скажем, для этой вот маленькой сценки,
где юноша выткан
и птичка у ног,
лет десять вплетались цвета и оттенки,
и грохал челнок,
и работал станок.
К тому же ещё затевали скандалы
заказчики этих шпалер – феодалы.
Мол, во́зитесь тут, бережёте глаза!
Мол, нечего в замке гостям показать!

Стоим мы и смотрим на эти шпалеры.
Расстроились даже и я, и Валера.
Эти «шедевры ручного труда»
мы с другом запомним теперь навсегда!

УРАЛ

В МАЛАХИТОВОМ ЗАЛЕ

Кто побывал в Малахитовом зале,
тот этот зал позабудет едва ли.
Лично меня этот сказочный зал
прямо у входа сразил наповал.

Молча хожу я,
буквально сражённый.
Молча смотрю я на эти колонны,
полон какой-то неясной мечты
от созерцанья такой красоты.

Вижу зелёное спящее море,
волны застыли в зелёном узоре.
Что ни волна – то иная волна,
и зелена под волной глубина.
Я вспоминаю уральские сказы,
глядя на эти камины и вазы.
Если бы мог, сочинил бы стихи
я о красе о твоей, малахит!
Если бы мог, сочинил бы поэму
я на такую прекрасную тему:
мы на планете живём неспроста,
а для того,
чтоб цвела красота!

ВОЕННАЯ ГАЛЕРЕЯ 1812 ГОДА

* * *

Вы тут не увидите статуй и ваз,
не встретите тут украшений.
Глазами суровыми смотрят на вас
герои из дыма сражений.
Здесь честью заслужены все ордена.
Навеки прославлены их имена
за то, что себя не щадили
и в грохоте пушечном Бородина
Россию они защитили.
За то, что полки за собою вели,
за то, что покоя не знали,
покуда захватчиков с нашей земли
с позором они не изгнали.
Был к славе и гибели каждый готов,
дожил до победы не каждый...
Ты видишь на мраморе золото слов?
Так Пушкин писал об отважных.
Их доблесть запомнили наши враги.
Их помнит Отечество свято.
И память отныне и ты береги
об этих суровых солдатах.

КУТУЗОВ И БАРКЛАЙ-ДЕ-ТОЛЛИ

Конечно, Кутузова знает любой:
Кутузов – великий народный герой!
Едва прозвучит это имя –
«Кутузов»,
Как вспомнится сразу изгнанье французов.
Конечно,
Кутузова имя
с суворовским только сравнимо.

Но вспомните также Барклая-де-Толли,
которому выпала тяжкая доля,
но кто поубавил азарта
бессчётным полкам Бонапарта!
Он армию нашу сумел уберечь,
в бою презирал он и штык, и картечь,
стяжал он военную славу
и встал в галерее по праву.

LEMPEREUR
DES FRANCAIS
AU REGIMENT
D'INFANTERIE
DE LIGNE

БАГРАТИОН

Там, где стоял Багратион,
не мог пройти Наполеон!

Багратиона воспитал,
гордился им Суворов.
И никогда не испытал
Багратион позора.
Он в Бородинском пал бою,
в победу веря свято,
и речь последнюю свою
он обращал к солдатам.
– Назад ни шагу! –
молвил он. –
Отечество за нами!

Погиб герой Багратион…
Осталось
имя-знамя!

ПОЭТ-ПАРТИЗАН

ДЕНИС ДАВЫДОВ

Не богатырь по виду,
не Аполлон лицом –
гусар Денис Давыдов
выходит на крыльцо.
И на коня садится,
верней, на скакуна,
верней, взлетает птицей,
не тронув стремена.
Храпит скакун горячий...
И сразу же:
– Вперё-ёд!
Лихой отряд казачий
гусар лихой ведёт.

Гусар Денис Давыдов,
поэт и партизан,
не богатырь по виду,
но духом – великан.
И где-то на биваках
он сочинит стихи
о славных тех рубаках,
об их делах лихих.

КОННЫЙ ПОРТРЕТ ИМПЕРАТОРА АЛЕКСАНДРА I

Обидно, что ни говори,
что эти самые цари
висят всегда, хоть тресни,
на самом видном месте!
Гарцует гордо на коне…
А был ли он хоть раз в огне?
Геройство он какое
свершил на поле боя?

А всех крупнее раза в три…
Обидно, что ни говори.

А
I

14
ДЕКАБРЯ
1825
СИБИРЬ
ОСТРОГ

СЕРГЕЙ ГРИГОРЬЕВИЧ ВОЛКОНСКИЙ

А это Волконский глядит со стены.
Его уважать мы особо должны:
военный герой всенародный,
он был декабрист благородный.
Он знал, как страдает народ крепостной,
хотел для народа он жизни иной.
Но тёмная царская сила
восставших героев сломила.

И вот уж и крепость ему суждена,
и вот уж срывают с него ордена,
срывают с него эполеты,
и тяжкие цепи надеты…
А дальше – сибирский сырой каземат,
и воют метели,
и сводят с ума…
Но всё же его не сумели
сломить кандалы-подземелья!

Волконский вперёд исподлобья глядит,
как будто он видит, что ждёт впереди.
И нет ни сомненья, ни горечи
в глазах у Сергея Григорьевича!

1812 год
Дворцовый гренадер

ПОРТРЕТ ГРЕНАДЕРА

Перед портретом гренадера
стоим и думаем с Валерой:
откуда он знаком?
Наверно, этого солдата
мы где-то видели когда-то,
в медвежьем кивере мохнатом,
с ружьём и со штыком?

А может, мы читали где-то
об усаче суровом этом?
Да это ж он, клянусь!
В стихотворенье знаменитом,
готовясь к бою деловито,
он –
«штык точил, ворча сердито,
кусая длинный ус!»

РЫЦАРСКИЙ ЗАЛ

* * *

Мы знаем,
мы знаем,
мы знаем уже,
где Рыцарский зал на втором этаже!
Но мы всё равно уточняем
и всех на пути обгоняем.
Скорее! Скорее!
Там рыцари ждут!
«Конечно, они никуда не уйдут,
и что нам минута-другая?» –
так думаем мы, пробегая.
И думаем мы:
«Это даже смешно!»
А сами,
а сами
бежим всё равно!
И вот наконец-то мы в зале.
И видим:
не зря мы бежали!

У СТЕНДА С ОРУЖИЕМ

– Конечно, нельзя,
ну, конечно, нельзя…
А если бы можно,
ты что б себе взял?
– Я взял бы себе, если можно,
вот этот кинжальчик и ножны!
– Ну, так я и думал:
кинжальчик ему!
Кинжальчик понравился мне самому!
Бери пистолетики эти –
ты, может быть, их не заметил?
– Да нет уж! Себе забирай пистолет!
И этот мушкет, и вон тот арбалет.
Бери ещё шпагу в придачу,
а я не отдам свой кинжальчик!
– Да ты посмотри вот на тот пистолетик!
Другого такого и нету на свете!

Вот тут нам и крикнули строго:
– Витрину руками не трогать!

КОННЫЙ РЫЦАРСКИЙ ОТРЯД

Не колышет ветер знамя.
В потускневшем блеске лат
в тишине навеки замер
конный рыцарский отряд.
Не заржут, не фыркнут кони,
по щиту не грохнет меч.
Ни турниров, ни погони,
ни пиров, ни буйных сеч.
Под бронёю спит недвижно
весь отряд давным-давно,
но смотрю на них и вижу
я другое всё равно.
...Стук подков,
железа скрежет.
Не на пир, не на парад –
к Орлеану путь свой держит
конный рыцарский отряд.
Неспокойно в Орлеане,
у ворот враги стоят,
и спешит на помощь Жанне
конный рыцарский отряд.
Воют звери, филин плачет,
звёзды сумрачно горят.
Жанне д'Арк на помощь скачет
конный рыцарский отряд.
Если вдруг засада вражья –
не страшись и не сверни:
– Копья – к бою!
И отважно
в битву ринутся они.

И в ворота Орлеана
гордо въедут по два в ряд.
Вот какой он,
безымянный
конный рыцарский отряд!

РЫЦАРСКИЕ ДОСПЕХИ

Если жил бы ты в Средневековье
и мечтал о турнирном успехе,
то в придачу к стальному здоровью
ты завёл бы стальные доспехи.

Представляю, как в шумном Толедо
или в тихом своём Пуатье,
ты бы шествовал в кузницу в среду,
как сегодня идут в ателье.

Ты вошёл бы, сказал бы ты:
– Здрасте!
Я опять к вам по поводу лат. –
– Как же, как же! –
ответил бы мастер. –
Всё готово уж сутки назад!
Надевайте. Не правда ли, мило?
Ах, простите,
вот тут – не вполне…
Этот шов я поправлю зубилом.
Прислонитесь, прошу вас, к стене!
Вам не жмёт наколенник?
Наплечник?
Вам, сеньор, в этот раз повезло:
эти латы значительно легче –
и всего-то в них сорок кило!
Ах, сеньор,
это редкостный панцирь!
А какой на пластинах узор!
Если в нём вы пойдёте на танцы,
всех вы дам покорите, сеньор!
Локоть жмёт?
Ах, как это печально…
Моментально исправим сейчас!
Подойдите, сеньор, к наковальне.
Ну-ка, где там кувалда у нас?

Вот идёшь ты в костюме турнирном,
и взирает с почтеньем народ,
и пластины скрипят, и шарниры,
и не давит нигде, и не жмёт.

А кони-то
чем
виноваты

РЫЦАРСКИЙ КОНЬ

Я грустно смотрю на беднягу коня,
И грустно бедняга глядит на меня.
Печально стоит предо мною
не конь,
а железо сплошное.

Железная шея,
железная грудь,
на морде – сплошная железная жуть...
И странно, что конские ноги
ещё приоткрыты немного.

У всадника тоже железо своё:
кольчуга, и панцирь,
и щит, и копьё…
От этакой груды металла
небось, и слона бы шатало!

А тут ещё в битву галопом скачи,
где рыцари с грохотом тупят мечи…

Ну, рыцари –
это понятно.
А кони-то чем виноваты?

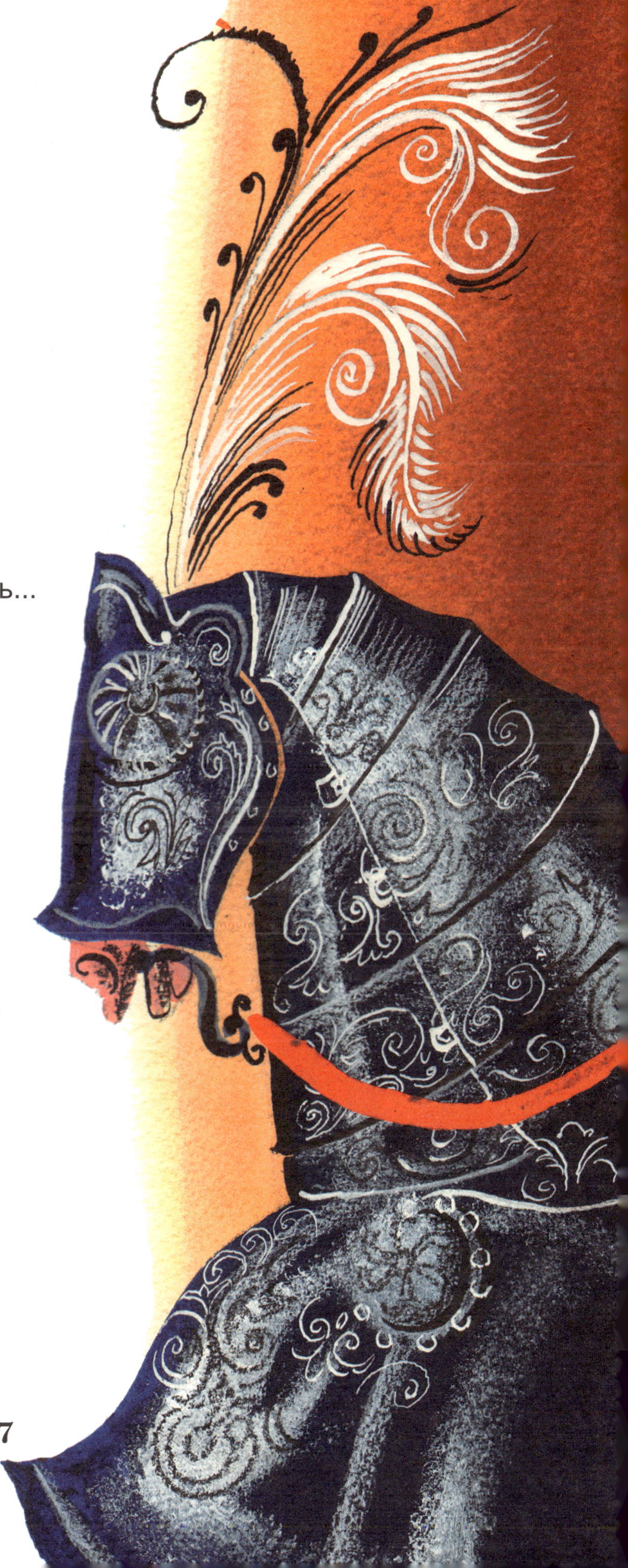

БАРОН ДЕ МАРОН
БАРОН ДЕ ГУДРОН

РЫЦАРСКАЯ ПЕРЧАТКА

Когда-то, на бой вызывая врага,
такую перчатку бросали к ногам.
И ежели рыцарь её поднимал,
то вызов противника он принимал.

Перчатку бросает барон де Марон
и грозно глазами сверкает.
И тотчас же юный барон де Гудрон
перчатку его поднимает.
Прекрасные дамы:
кто – «ай!», а кто – «ой!» –
глаза прикрывают картинно.
Конечно же, зрители шумной гурьбой
спешат посмотреть поединок.
Привычно свои занимают места.
И вот уж,
в преддверии драмы,
платочки свои прижимают к устам
прекрасные бледные дамы,
но глаз не спускают с железных фигур.
Тут шум постепенно стихает,
выходит знакомый поэт-трубадур
и речь произносит стихами.

А в речи своей говорит он о том,
что каждому зрителю важно:
откуда бароны,
и кто тут «де» кто,
и как они оба отважны.
Вот речь он кончает.
И с разных сторон
взлетают азартные крики.
И мчатся карьером Марон и Гудрон,
ужасные выставив пики.
Вот с грохотом сшиблись бароны,
и оба – с огромным уроном:
Марон – на спине,
а Гудрон – на груди,
лежат они, грохнувшись вместе…
Кому же победу теперь присудить
по правилам рыцарской чести?

Расходятся зрители. Трубы поют.
Когда же бароны очнутся,
узнают, что кончилось дело вничью –
и новые ссоры начнутся!

Город наш
сам-огромный
Эрмитаж

* * *

На часы мы не глядели.
Глядь:
и в самом деле – пять.
То-то ноги загудели,
то-то есть мы захотели,
то-то стали уставать!
А не видели мы даже
половины Эрмитажа!
Сомневаюсь, что и треть
мы сумели осмотреть.
Я считаю, что быстрее
и не ходят по музеям:
я искусством на бегу
любоваться не могу.

Вот выходим на Неву мы,
о музее наши думы.
И о том, что город наш
сам – огромный Эрмитаж.

И СТАЛО НЕЛОВКО НАМ ДАЖЕ, ЧТО НЕ БЫЛИ МЫ В ЭРМИТАЖЕ...

Вы держите в руках прекрасно иллюстрированную книгу, которую написал Олег Аркадьевич Тарутин.

Обычно книги о музеях пишут искусствоведы, чаще всего сотрудники музеев. Есть такие книги о парижском Лувре, о мадридском Прадо, есть и о петербургском Эрмитаже. Но те книги для взрослых. А эта для вас. И написал её не искусствовед, а специалист совсем другого профиля, даже двух профилей. Олег Тарутин по специальности геолог, а по призванию поэт.

А теперь о том, как это получилось.

Олег Тарутин родился в нашем городе. Когда ему исполнилось шесть лет, началась война. Ленинград окружили фашисты. В феврале 1942 года, по льду Ладожского озера, чудом выжившая семья Тарутиных была вывезена на большую землю. Называлось это эвакуацией.

После возвращения в родной город, третьеклассник Олег попал в музей. В Этнографический. Дело в том, что отец Олега был этнографом. Этнография – это наука, изучающая бытовые и культурные особенности народов мира. А жили Тарутины во дворе Этнографического музея. И ребята проникали в музей через тайный лаз, потому что музей был закрыт, после того как в блокаду в Розовый зал попала фугасная бомба.

Это было его первое, правда, незаконное посещение музея.

Второе посещение музея состоялось, когда Олегу исполнилось пятнадцать. К тому времени он уже целый год сочинял стихи. Этим музеем стала квартира Пушкина на Мойке.

Олег учился в школе, хорошо сдавал экзамены и, получив аттестат зрелости, в котором не было ни одной тройки, подал документы в Горный институт.

Почему в Горный?

Ну, во-первых, в Горном учился старший брат Олега, во-вторых, у студентов-горняков красивая форма. А в-третьих, в Горном институте действовало литературное объединение, которым руководил поэт Глеб Сергеевич Семёнов. В этом ЛИТО занимались не только студенты Горного института, и почти все они стали известными поэтами. Сегодня их называют поэтами-шестидесятниками. Среди них и Олег Тарутин.

Учился Олег на геологоразведочном факультете, чтобы стать геологом и искать клады земли. Само слово геология состоит из двух слов: “Гео” – имя древнегреческой богини Земли, и “логия” – наука.

После защиты диплома, Олег уехал в Дальневосточную экспедицию. Там он встретил свою любовь. Её звали Наташей.

Поиск месторождений – интересное, но трудное дело.

Олег Тарутин работал на востоке страны, работал в Иране, работал в трёх антарктических экспедициях. Везде он писал стихи и вёл дневники.

Вот одна из антарктических дневниковых записей:

«19.01.72.

Дульник 25-30 (*это ветер скоростью 25-30 метров в секунду – Л.Г.*).

Вчера чуть не загнулся на скалах в одиночном пути на Рюдек…

Сидел, спустившись до середины, где вверх уже не подняться. Сбросил рюкзак, рукавицы, молоток. Шлёпались они. Рюкзак лёг на обрыв. А до низу!.. Очутился я на такой фитюльке.

Нужно было извернуться вокруг оси и, держась за одну трещину, упасть на площадку, а если бы промазал – свистеть (причём спиной вперёд) 60 м. Вывернулся, слава Богу. Руки дрожали. Обращался к камням, что падали время от времени: "Лежите, ребята, очень вас прошу". Рядом со мной парили с криком снежные буревестники, охраняя гнёзда. Очень неприятно было…»

Такая вот опасная работа у геологов-разведчиков месторождений полезных ископаемых. А специалистом Олег Аркадьевич Тарутин был первоклассным.

Несмотря на трудную и опасную геологическую работу, поэт Олег Тарутин написал много книг, не только для взрослых, но и для детей.

Поэт удивительного таланта, обаяния, добрый, нежный человек написал для вас эту книгу.

Он не зря назвал её – «Что я видел в Эрмитаже», потому что рассказать обо всём, что хранится в этом замечательном музее невозможно. Даже если кто-то умудрится обойти все выставочные залы Эрмитажа, то он всё равно не увидит того, что хранится в запасниках этого колоссального музея.

Кстати, "Эрмитаж" в переводе с французского означает – "место уединения". Однако, вопреки названию, музей был открыт для публики в 1852 году, и больше 150 лет его посещают взрослые и дети.

В наши дни почти всегда у входа в музей очередь. А вы вошли в музей как бы без очереди благодаря этой книге со стихами, в которых сохранились и детская серьёзность, и лукавая улыбка Олега Тарутина. Вошли и не заметили, как стали экскурсантами Эрмитажа. И оказались «в океане искусства».

Согласитесь, что вы не знали о происхождении таких слов как – "физика", "космос", "медуза", "стратег", "библиотека", "театр", "асфальт", "стадион" и "динамо". Побывали в античном зале и удивились: слова-то древнегреческие!

На каждой странице книги: вы открыли для себя много нового, интересного и у древних греков, и у древних римлян, и у древних египтян. А военная галерея 1812 года! А рыцарский зал!

Не захотелось ли вам посетить Эрмитаж? Захотелось?! Для этого и написана книга.

Как возник у автора замысел, сегодня уже не узнать. Может быть, дело было так: приехал однажды Тарутин домой, после работы в геологоразведочной экспедиции, ненадолго приехал, и сказал дочке Кате:

– А не пойти ли нам, Катя, в Эрмитаж? А то всё дела, дела…

И они пошли.

А в группе экскурсантов, вместе с ними, осматривали залы музея два школьника. Два друга. Наблюдал Олег Аркадьевич, как реагировали ребята на мумию, на бюст Париса, на безголового философа и подумал:

– А не написать ли книгу об этих ребятах и об Эрмитаже?

И написал. Спасибо ему за это.

Лев Гаврилов

СОДЕРЖАНИЕ

Литаратурно-художественное издание

Олег Аркадьевич Тарутин

ЧТО Я ВИДЕЛ В ЭРМИТАЖЕ

ПРОГУЛКА ПО МУЗЕЮ В СТИХАХ

Художник Александр Аземша

Издано при финансовой поддержке
Федерального агентства по печати и массовым коммуникациям
в рамках Федеральной целевой программы «Культура России»

Составитель и редактор Д.Б. Колпакова
Художественный редактор А.А. Филиппов
Корректор Е.А. Лытысова
Вёрстка и обработка изображений В.С. Лысов

Подписано к печати 12.06.2011 г. Формат 60x90 1/8. Гарнитура Helios. Печать офсетная.
Бумага офсетная. Усл. печ. л. 11. Тираж 5000 экз. Заказ № 6516

ОАО «Издательство детской литературы «ДЕТГИЗ»
191180, Санкт-Петербург, наб. р. Фонтанки, 78.
Тел. (812) 312-51-27. E-mail: detgiz@mail.ru, www.detgiz.spb.ru

Отпечатано в соответствии с предоставленными материалами
в ЗАО «ИПК Парето-Принт» г. Тверь, www.pareto-print.ru

ISBN 978-5-8452-0344-1